능엄경 밖으로 사흘 가출

능엄경 밖으로 사흘 가출

능엄경 밖으로 사흘 가출

한이나 시집

문학세계사

□ 시인의 말

나의 만다라를 위하여

침묵에 보탬이 되지 않는 말은
결코, 하지 말라던 스승님!
나의 시가 안으로 말이 여물도록 인내하지 못하고
밖으로 쏟아낸 말인지도 모르겠다
불쑥 생각을 말해 버리지 않고
안에서 말이 여물 때까지
이후 네 번째 시집에서는 시를 더 기다리는
여유를 가져보고 싶다

아버지 얼굴을 못 보고 태어난 나의 전반전 인생과 후반전 인생이 올해 딱 잘라 절반의 햇수다
이번 가을엔 고향 청주 팔순 어머니의 남새텃밭 눈물맛 고구마 한 자루 내 손으로 캐어, 알곡의 고봉밥인 양 배불리 잡수시게, 지인들에게 한 소쿠리씩 돌려도 좋으리
이 즈음 방하착 위빠사나 티벳 명상을 건너 나의 만다라를 만나러 선방에 들락이며, 마음 경經 바람에 넘겨 본다 7.5g 무게밖에 안 되는 그 마음, 금생今生 영혼의 무게를 천천히 넘겨보러
삶이여, 그래도 태어나서 고마웠노라 행복하였노라

2007년 가을   한 이 나

1

발목을 잡다

가 시

    독으로 약이 올라 한숨이 화가 되고 한이 되어 몸이 주저
앉는 깊은 병이 들거들랑 생가시 나뭇가지를 가마큰솥에
오래오래 삶아 보라 아들 먼저 앞세운 스물셋 청상 어머니
의 한숨이 깊고 푸르다 누구든 그런 고질병엔 엄나무 강한
가시가 약인즉 그대여 증류된 맑은 물 같은 소주를 한 컵씩
물 마시듯 매일 마셔 보게나 세상의 가시에 찔려 죽을 만큼
아플 때는 가시나무의 가시가 약발 기가 막히게 먹혀 그대
곪은 상처 요기조기 찔러 터트려 주는 명약일진대!

발목을 잡다

장가계 깎아지른 절벽, 세상 밖
다리 난간 쇠줄에 자물통 잠그어
버려 두었더니
천길벼랑 수풀 속 열쇠 붉게
녹슬었다
세월의 진액 제 몸에 두르고
서로에게 끼워졌던 한 시절을
끌어안고 있다
봐라, 한 겹씩 한 겹씩 기억을 벗겨보면
잠궈진 사람 하나 발목 잡고 있지 않는지
자신이 열쇠였음을 버리고
오지 않았는지
주렁주렁 매달린 자물통을 보다가
발목을 붙잡힌다

말문을 닫는다

양평 최영규 시인 대문 앞 수문장으로 서 있는
물푸레 나뭇가지를 꺾어
대야물에 담근다
물이 푸르다
물푸레나무의 멍이 푸르다
슬픔에 맞고 부딪혀 살 속에
맺힌 피가 파랗다

말문을 닫는다

어떤 생각은 말하지 않고 남겨두는 게 좋으리

춘장대, 동백

동백꽃 붉게 색칠해진 이름으로
처형당했다
자기가 판 웅덩이에 무더기로 세워져
봄날의 총구에 생모가지 뎅강뎅강 떨어졌으리
저 생의 밑바닥 즐비한 꽃숭어리들
이 봄도 피의 향기 진동한다
나는 밟고 지나가지 못하리
스무 살 젊고 고운 시신 넘어가지 못하리
사진으로만 기억하는
죽은 나이 곱을 살고서도 그리운 아버지

더는 생각지 않으리라 작심하고서도
또 터져 나오는,
사무침이 동백꽃으로 붉다 붉다

부석사 일몰

배흘림기둥이 되어 나는 서 있네
전신에 보랏빛 인동풀꽃 문신으로 새겨 넣으며
나는 견디고 있으리
살갗을 바늘로 찔러 물감이 줄기가 되고
잎사귀가 될 때까지
나는 버티고 있으리
상흔이 한 송이 꽃으로 피어나
풀풀 향기가 되어
몸이 만들어질 때까지
깊어가는 어둠 속 혈맥을 따라 통과해 가는 아픔
마침내는 이르러 캄캄한 딱지로 멈추어 선 너의

소백의 능선마다 내려앉는 어둠
둥―둥―둥둥―둥―둥둥둥―
비구승 서넛 번갈아
상한 영혼을 불러 모으는
법고 운판 목어 범종 소리를 담아

뜬 돌 위에 올려놓는다

내 앞의 생

사진의 얼굴이 생판 낯설다
유년의 추억 한줌도 짚여지지 않는
저 제삿상 앞 사진틀 속의 아버지
고보시절 앳되고 고운 얼굴을
대머리 막 벗겨질 듯 말 듯 오십의 나이로 합성해
신사복 어색하게 입혀 놓은
반은 그림인 저 제물 위 사진을 무심히 건너다본다
이승과 저승의 간극
아버지 가벼운 영혼이 열어놓은 현관문으로 슬몃 들어와
고개 갸우뚱하지는 않으실까
너는 누구냐
내가 씨앗 하나 떨군 적 있었던가
교대 막 졸업하고 시골학교 햇병아리 선생 하고 있을 스
무 살 무렵
난 아버지 제사를 몰랐다
아무도 가르쳐 주지 않았다

사진 속 저 분

안에서 밖으로
지금이라도 걸어 나왔으면 좋겠다

만어사萬魚寺 종소리

만어산 만어사
돌 속의 물고기 일만 마리가 깨어나
일제히 종소리를 낸다
제 몸을 두드려 감추어진 소리 울려대는
고승의 화엄경을 듣고 돌이 된 동해 물고기들
나도 운무와 안개에 휩싸여
집에 돌아가지 못하면
돌이 될까
돌의 소리를 낼까
한 소식을 얻어 나를 떠나보내면 만져질 저 빛나는 반야
마음을 항복 받아
내 안에 안주시킨다
바람이 불면
나도 제 몸 속 종소리를 울려댄다
뎅그렁, 언제 내 누군가를, 뎅그렁, 사랑한 적이 있었던가

밀양 만어사 너덜 앞 돌 속에는 종소리가 산다
종소리가 되는 일만 마리 물고기가 산다

화부는 절굿공이로

화부는 절굿공이로 쇠절구에 뼛조각을
찧어 내리고 있다
힘을 다해
쇠절구를 일정한 속도로 돌려가며
절굿공이를 내리치고 있다

절구 속에서 재가 된 육신
육신이 품다 간 만큼의 먼지
한 줌 뼛가루 같은 나를 어머니가 부르고
있다는 생각과 만난다

너는 살아 있는 줄 아니 너는

다비茶毘 · 1

갠지스강을 다시 찾아 강심의 새벽 쪽으로
노를 저어 갔을 때
강 한쪽 무명천에 꽁꽁 묶인 시체 한 구
참나무 더미를 짚으로 쌓고 가마니를 씌운 후
연잎을 덮어 기름을 부어
불을 붙이는,
화염 그 불의 혓바닥이 한 권의 책인 전생애의
한 페이지씩을 찢으며 타올랐다
활활 불기둥이 솟아올랐다가 잦아들었다를
연거푸 반복하였다
누군가 화목火木을 쇠막대기로 뒤집었다
한 번 뒤집으니 허망한 몸뚱이가
마음대로 구르며 찬바람을 일으켰다
무너지고 부서져 공空으로 돌아갈
너는 바로 나다

강에 불을 붙여 띄운 유등이 물결에 꽃 같다

다비茶毘 · 2

　불땀이 좋은 바싹 마른 삭정이만을 골라 아궁이 가득 불
을 지폈다 솥전에는 허연 밥물이 넘쳐흘러 피지지직 소리
를 내며 말라붙고 있었다 불 앞에 쭈그리고 앉아 부지깽이
로 삭정이가 탄 작은 불덩이들을 솥 아래로 긁어 모았다 타
다 만 관솔들을 이리저리 뒤적거리다가 육탈이 되어 재가
된 아버지의 육신, 몸을 태운 재를 눌러 다독이었다 내생에
만나면 생면부지 낯선 아버지 얼굴 재로 흩날릴는지요

갠지스 강의 화엄

소도 인도에 가면 붓다가 된다

사람이 만져도 저희끼리 뿔에 부딪쳐도
경적소리에 채여도
뚜벅뚜벅 묵묵부답 인파 속을 걷던
여윈 흰 암소 한 마리
길가 상점 안에 들어가 주인과 맞대면하고
앉았다가
홀연히 선정에 담기는,
소는 자기라는 책을 본다
0세부터 지금까지의 기억을 떠올렸다가
감정까지 내려놓는다

그 자리
나도 끼어 화엄 가까이에 닿고 싶다

밀경密經

　방사의 현장 인도 카주라호의 섹스나무는 남근의 귀두를
닮은 연둣빛 열매다 일제히 뜨거운 시선이 닿자 열매 하나
한순간 툭! 떨어져 하늘 높이 세워진 사원 벽의 조각 미투
나상에 후배위로 서 있다 마악 밀경密經에 들어 깨달음을
얻고 있다

　흰 꽃이 넓은 마당 가득 쟈스민 향기로 피어났다

겨울강

저 강의 쪼개짐이 정선 길 같다
쩡, 쩡, 쩡, 큰 울음이
얼음 한복판에 꾸불길을 낸다
느린 세마치 장단을 늘였다 줄였다,
정선 아라리 길 길게 풀려 나간다
얼음장 밑으로 밑으로 물소리
삶의 막장 기진하여 애터지는 소리
겨울강이 울며 정선 길 간다

낙우송 落羽松

날개 부러진 낙우송 잎, 잎들이 수북이 쌓여 있다
양재천변 우회도로에서
붉은 나무깃털 하나 줍는다

열정의 한철 비상을 꿈꿨던
한 생애의 꿈을 접고
키 큰 나뭇가지 끝에서 오래 견디다가
끝내 뛰어내리고야 마는
낙하,

나무들이 한 마리 새처럼
가을이면

계속 깃털을 떨어뜨린다

피풍지대

통영 뱃길 십리 바다 한가운데로 배를 타고 나갔다

릴을 던졌다
곶머리를 달려나온 겨울바람이 귀를 때린다
숨도 정지된 시간 속
왼손에 전해져 온 저항의 떨림
낚시갈고리에 꿴 바다 밑 분홍살빛 새우찌
덥석 문 순간을
허공으로, 힘껏, 들어 올렸다

포물선을 그으며 햇발 아래 은비늘 번뜩이는
망상어 열일곱 마리
갑판에서 펄떡이며 나를 빠안히 들여다보는
(서로 딱하다고, 그래, 사소함에도 곧잘 걸려들고야 말
지)
시인 물고기 망상어
파도 속 제 집으로 각각 돌려보내고
뱃전에 앉아

나를 생각하는,

저 바다
한가운데,
피풍지대가 있을까

뻘 속에는 길이 없다

뻘 속에는 길이 없다
뱀장어는 온몸으로 뻘 속을 기어다닌다
길을 만들고자 하나 길이 없다

몸이 길이다
깊은 뻘밭에서 빠져나와 머리를 내민다
지상은 푸르스름한 빛에 싸여 있다

목성!
밝은 별, 너를 찾았다

미스타 페오

강을 향해 앉아 있다

바짝 동여맨 몸에 마음을 끼워 맞춘다

그 사이 겨울 상수리나무 쪽으로 손을 뻗으면

마주잡아 주는 손

눈에 발목을 담그고 서 있는 조각상들이 따뜻하다

꽝꽝 얼어 있는 소양강물

그 위를 얼음바람이 몸을 둥글려 지나가고 있다

*미스타 페오 : 나의 친구 혹은 위대한 사람이라는 뜻.
춘천 소양강 가에 있는 까페 이름.

울음방

건축가 K가 집을 지을 때 명심하는 것은
그 집 가장 깊고 어둔 곳에
울음방 하나를 꼭 만드는 것이다
들키지 않고 숨어들어 맘놓고 마음껏 울음을 우는 골방

스무 살 때 친구 대학 기숙사에 가서
두 평 남짓한 그런 방을
본 적 있다
세상에 상심한 자 오뇌에 짓눌린 자
누구든 들어가 음악 크게 틀어놓고 목놓아 우는
크라잉 룸
슬픔의 제 몸 훤히 드러내놓는,
내가 어른 되어 그런 집 한 채 지으리라
마음 깊이 별렀다
그러나 아직도 사통팔달인 내 작은 아파트
오후 네시의 햇볕에 떠밀려난 한 남자가 한 의자에 붙박
혀 있다

우는 방이 없어 나의 울음소리는
소리가 되어 나오지 못한다

속눈썹조차 적시지 못한다

2

내가 바로 너다

박제, 사랑

살점을 저민다
내장을 뽑아낸다
볏짚을 몸 안 가득 쑤셔 넣는다
살아갈 힘을 잃고 주저앉은 몸뚱이에
철사를 꿰어 간신히 버텨 놓는다

개심사에 와서 길을 묻다

산신각으로 가는 길목 허름한 집 한 채
댓돌의 흰 고무신
문 앞에는 얌전한 글씨로 씌어 있다
이제 그만 ─〉

(저쪽으로 멀리 가라?)

한 마음이 한 마음을 붙잡고 죽자고 안 놓아줄 때
그 집 가장 어둔 골방에서 사흘을 나오지 않을 때
말로는 안 되어 고삐 잡아 후리패 때려야 하는 마음일 때

혼자 조용히
개심사에 와서 길을 묻는다

마음의 쪽문을 열어놓는다

늦은 저녁

진눈깨비 차유리창을 뚫고 들어옵니다
눈화살 살에 박혀 혼자 춥습니다
비등점에 오른 물이 돌아서 냉각을 시작하는
이제 다 늦은 저녁
폭발 폭발. 온 하늘이 끓어오르는 폭발입니다
사랑한다! 말하지도 못하고 내리는 눈,

그리운 섬

섬은 잡히지 않는 허무한 사랑이다

처녀적 섬에 가서 선생님이 꼭 되고 싶은 한때가 있었다
까맣게 바닷바람에 그을린 아이들과 햇볕을 데불고 모래
벌판을 마냥 달리고 싶었다
그러나 발만 동동 구르다 차마 용기내지 못하고 꿈종이
를 접어야 했다
몇 년 생각 트고 지내는 그 사내만 없었더라면, 없었더라
면,
어쩌다 저물녘 석양을 바라볼 때나 아그네스 발차의 노
래를 들을 때면
간혹 틈 비집고 나오는 그 때의 마음 한 자락에 가슴 한
모퉁이 서늘하였다
그럴 때면 다소곳 무심한 척 압정으로 생각을 꾹 눌렀다
해송이 반쯤 누운 바닷가 대신 벽에 바다그림이 붙어 있
는
칸칸의 아파트 창가에서 십육 년 반 아이들을 가르쳤다
나는 그렇게 늙어갔다

그런데 나 대신에 꿈을 이룬 것은 그 사내였다

그는 섬과 섬을 잇는 다리가 되었다

대문을 열면 바다가 훤히 보이는 집을 구했노라고

내려오라 손짓해도 왠지 나는 갈 수가 없었다

도심의 한복판 아스팔트에 발이 붙들려 떨어지지가 않았
다

머잖아 섬마을에 몇 년 닻을 내리리라, 자꾸 미루기만 하
였다

조금만 더, 조금만 더, 그 사내가 더 늙으면

사 랑

고욤나무에 감나무 접순을 붙였다

각기 제 몸의 생살 도려내고도 모자라

돌아서서 생채기를 내어

그 진물로

서로를 엉겨 붙이는

진액으로의 단단한 동여매짐

접붙이기

이제 묶어둔 끈 슬며시 풀어도

이대로 한 가지에 한 몸 한 생각이 되어

오누이같이 닮은 뾰족감 납작감이 되리

대 꽃

대는 속이 비어서 제 속에
바람을 지니고 산다
왕죽이 울창하게 들어앉은
단속사 대밭
시퍼렇게 멍든 몸으로
곧게 생을 떠받치고 서 있는 힘
속내를 앓다가 다 비운 자리에
그만큼의 소슬한 바람으로 채운다
있고 없음이 하나다
내가 바로 너다
내 몸 안으로 대끝에 걸려 있던 해가
쑤욱! 들어온다

열 달 후 대꽃이 일제히 필 때를 기다린다

꽃에게 묻다

한라산 발 밑에 누워 있다
이른 봄 자신의 체온으로 눈을 녹이면서 피어나는
복수초의 노란 꽃
쓸데없는 말, 하지 않아도 될 말을
자꾸 솎아낸다
놔두면 키가 웃자라 가슴을 할퀴는
꽃 옆 잡초 같은 말
말이 많을 땐 누가 도중에 내 말허리를
끊.어.주.겠.니?

내 마음의 깊은 두메에서 바라보는
아득한 곳의 꽃 한 송이
너를 붙쫓았던 시간들을 뒤로 하고
나는 간다
상투성이여 안녕!
한 송이 꽃을 향한 마음이 흘리는 눈물이
노랗게 노랗게 봄눈 위에서 피어난다

호박琥珀

발틱해산 타원형의 호박 브로치를 하나 샀다
반투명의 속이 들여다보이는
그 속에는
작은 벌레 나무 부스러기 찢어진 새의 날개가 들어 있다
금방이라도 손에서 온기가 전해질 듯하다

모든 소중한 것들이 담고 있는 아릿한 그리움이
보석을 만든다
애틋하고 반갑다
손바닥에 놓고 한참을 들여다본다

햇살도 한모금 들지 않는 캄캄한 심해
침묵만이 전부인
그는 숨을 죽여 화석이 되어 기다렸다
꿈을 꾸며, 누군가의 손에 채굴될, 푸른 시간을

남한산성 · 1

남한산성 구부러진 길, 생生이 탄탄대로일 때까지
낮을 익히며 눈도장을 자꾸만 찍는다
너를 본 적 없다 잡아뗄까 겁이 나서
억수같이 퍼붓는 장대비 속으로
장대비 그 분질러지지 않는 심 속으로
속을 뚫고 달리고 달렸다
속으로 속으로 '진심'으로 들어가 그의 내부가 되면
불륜이 아닌 운명이 될까

구불텅 구불텅 질곡의 길이 눈앞에 떴다가
후미로 빠지는 되풀이의
생生, 핸들을 꺾고 풀고 돌리고
기압으로 양쪽 귀도 꽉 막히는
숨찬 길
애를 쓰다 죽을 쓴다

얼마쯤 더 가야 훤한 대로가 나올까

남한산성 · 2

수어장대 산성 옆 소로
여름 가을 겨울 봄 무수히 발자국을
찍어 놓는다
생각의 전원을 모두 끄고 걷는 발자국
마타리 제비동자 곤달비 금낭화를 줄세워 걷는 발자국
문 밖에서 기웃거리던 문 안은 아무것도 없는 것을
아는 발자국
정금의 별들이 우수수 떨어지는 숲을 바라보는 발자국
남문 벼랑까지 걸어갔다가 한참 섰다 온 발자국

하현 달빛 아래
지워지지 않은 발자국들이
옷을 입는다
우화등선羽化登仙하는 저 나비들 좀 봐

나비 · 꽃이 되다

고요하여라, 질곡 앞의 생
겨우내 땅 속 어둠에 납작 엎드려
날개를 얻기까지 벌레였을 그

나비가 나선형의 길을 내며 날아간다
침도 뿔도 부리나 발톱도 없는 길이다
날고 날고 또다시 쓸쓸함을 날으는, 돌아보면 늘 그 자
리, 시작의
한 번 소리내어 누구를 불러 보지도 못했다
되돌려 세워 고백을 하지도 못했다
허기를 걱정하지도 그리움을 배불리 먹은 적도 없이
땅거미 속 남루를 날으는,
좁은 길 굽은 길 돌아 마침내 높게 날게 되었을 때

아무것도 없었다

아무도 말을 걸지 않았다

무창포 바닷길

석대도까지
바닷길이 열려 있었습니다
S자의 곡선으로 펼쳐지고 있는 바닷길
순식간에 열린 길 위로
흰 돌 노란 돌 검은 돌의 속마음이 들통나고
굴 조개 고둥이 당황하여 몸둘 바 몰라
뒷걸음치며
허둥댔습니다
신발은 뻘에 젖고 발바닥은 아파 오고
삼분의 일을 남겨두고 되돌아나오는,
꽉꽉 다 못 채우고 돌아서는 등 뒤의
길은 늘상 아쉬움이 아닐는지요
바다갈림 한 시간 먼저 도착했어야지
늘 뒤늦게 뭍에 닿아
길 끝까지 가보지 못하는 채로 끝나는,

갯가의 포구 무창포에는 몸 하나 숨길 수평선조차 없었
습니다

로렐라이 사랑

1

로렐라이 언덕에서 그가 따 준
호주머니 속의
까맣게 말라버린 버찌 세 개
기억 속에 저장되어 힘들 때마다
되새겨 보는 항생제
푸른 곰팡이

사랑은 그 속의 나를 사랑하는 것이다

2

뚜벅뚜벅
몽유도원 찻집으로
로렐라이 강이 걸어 들어온다
내 앞 의자에 앉은 로렐라이 강
수상스키 달려간 뒤
길을 내는 물길을 밟고 오셨구나
온 산의 나뭇잎 죄다 훑어 밤새
찧어 풀어놓은 강물인
그는

내 몸이 푸르다

3

달이 뜨지 않는 흐린 날
로렐라이 언덕길 꽃봉오리에 전등을 비추어 본다
달이 뜬 줄 알고
꽃봉오리가 벌어지면서 내는
'톡' 벙그는 소리

아름다운 착시

빌미가 없는 짝사랑은 없다

세상을 빠져나간 달빛이 수천수만의 파편이 되어
하늘의 서쪽에 무더기 무더기
뿌려지고 있다

연꽃차

외가 여름 아침 연꽃잎 속에 숨겨놓은 찻잎을 꺼낸다

한지 속 연꽃 향기

밤새 향기를 다 내준 연향이 달아나기 전에

차잎을 풀고 연꽃차를 만든다

방죽마을 감돌던 향이 찻잔 속에 담겨 있다

한철 시절 인연

잠시 찻잔 속에 붙잡아 본다

차를 마시며

마음의 불을 끄고 춘설차 한 잔을 마시네 찻잎에서 우러
나 물드는 찻물을 보네 누가 찻잔 속에 들어가 제 몸의 속
살까지 물들이며 향기로 오나 옛 그림 속 오월의 차나무
잎, 우려나오는 그 가슴의 그리움을 마시리 찻잔 속에 뜨는
달을 노래하리 그대와 나 사이, 끊을 수 없는 생각으로 내
리는 봄눈 머뭇거리며 눈발로 흩날리네

3

능엄경 밖으로 사흘 가출

뒤늦은 편지

신탄진 다리를 건너 유성 금성농장을 지나며, 나는, 보았
습니다 싸움처럼 발자국을 내며 걸어간 들판의 넓은 하늘
로 훨훨 날아가는 새 하늘을 혼자 차지하며 날아가는 하루
만 허락받은 시인 지루한 봄날 절망 같은 하루만의 위안을
받으러 외출 나왔다가 이제 오래 편히 쉴 곳, 집에, 잘, 도
착했습니까 이곳은 봄인데도 목이 탄 바람이, 세차게, 붑니
다 보내주신 시집, 잘, 받았습니다

뒤늦은 저의 답을 받아보시겠습니까

능엄경 밖으로 사흘 가출

　능엄경 밖으로 사흘 무단가출해 돌아오지 않는 마음을 안으로, 조용히, 불러들였어요 사람과 사람 사이, 관계가 혹사시킨 말의 상처, 그 뭇매를 맞은 죄 없는 마음을 치료하려, 곰취 잎사귀에 뿌리를 넣어 녹즙을 냈어요 뿌리로 독을 빼낸, 푸른 물 한 컵, 공복에, 쭈욱 들이켰어요 그리고는 식탁에 앉아 잠시, 찰나삼매에 빠졌지요 평상심, 그 편안한 느낌을 금방 알아챘어요 현재의 마음을 바라보는 또 하나, 바깥의 마음을 보았지요 마음을 허방에 빠뜨리고, 껍데기만 거리를 오고 가면서, 왜 그리, 허둥대고 사방 분주하였던지요 나를 알아차림 후에는, 진정 흔들림 없고 치우침 없는, 고요가 올까요 이제 마음을 몸에 붙여, 참하게 길들이기로 하겠어요 몸통이라는 그릇에 담은 본 마음

　있는 그대로 그대를 그리고 나를 보기로 합니다

팔만대장경

　마음 '심心' 자 한자 위에 떠 있는 팔만대장경이 마음을 들어내자 가볍게 사라진다 행방이 묘연하다 울타리 밖에서 서성이던 팔만 지옥의 근심이 기다렸다는 듯 곧장 달겨드는, 백지 한 장의, 있는 것이 곧 없는 것이고 없는 것이 곧 있는 것인, 내게 무슨 일이 일어나기나 했던가 아무 일도 없는 듯 하루가 이틀이 한 달이 무심히 건너간다 까맣게 꿈을 잊고 있다가 보면 뜬금없이 우주 저쪽에서 모르스 부호가 울릴지도 모르지 마음 '심心' 자 한자 위에 다시 세운 팔만대장경이 기우뚱 오후 두시로 기울어져 있다

해인사 민들레

가야산 골물소리에 두 눈을 감고 있으면
마음은 뒷그늘 판전으로 달려가
천 년도 썩지 않는 팔만장경 목판본을
바람으로 넘기네
한 발자국 운신도 힘겨운
생과 생 사이에, 끼여
경經을 읽는

파랗게 날이 선 능선 아래
저 민들레는
상처로 등불을 켜고
몸으로 말을 하고 있네
삼층석탑 탑돌이하는 정오의 그림자
절마당에 백팔배를 하네

비움의

나로부터

신생新生

　수락산 자락 오르는 길, 베어진 밑동 참나무를 보았다 나무 몸피에 수백 개의 구멍을 뚫는 시듦병으로 나무들 말없이 죽어 가고 있다 하얀 비닐에 덮여 있는 즐비한 참나무 무덤을 바라본다

　오라비 이장하던 날, 7년을 죽을 때 모습 그대로 누우신 오라비, 아들 딸 혼사 여직 치르지 못하여 가벼이 발걸음 떨어지지 않은 걸까 홀어머니 앞선 몸이 흙으로 돌아갈 수 없음일까 발등에 소복 부은 살도 뼈도 그대로다 나의 피붙이 하나 오라비,

　동쪽 비탈면 수락산 내원암 법당 뒤, 석조미륵입상이 극락왕생을 빌고 있다 하늘 높이 화강암 둥근 바윗덩어리, 산의 자궁 속으로 참나무 씨앗 하나 다시 태어나는 중이다

옷을 태우며

겨울 산비탈 허리 구부정한 밭머리에서 아버지는
옷에 석유불을 붙이는 것이었다
젖은 허연 옷에
지팡이들
물과 불이 뒤섞여 연기 속 훨훨 타고 있는 껍데기
넘어질 듯 넘어질 듯
얼어붙어 벌거벗은 땅 위로 몸을 뉘었다

마음을 태우며
옷을 태우며
감옥에서 벗어난다 세상 끈을 끊어낸다
집 떠나는, 집으로 돌아오는

겨울 산비탈 허리 구부정한 밭머리에서 아버지는
혼자 남아 마지막 생각을 태웠다
사라져간 옷의 몸, 그 혀의 말을 보냈다

그 때부터였다 아버지는 입을 닫고

내리 사흘 밤낮을
술독에 빠져버린 별을 들어올렸다.

고장난 시계

눈 깜박할 사이
달리의 녹아 내리는 시계에서 시간은
다 빠져나와 버렸다

신발끈을 고치고 황급히 일터로 달려나갔던
어제는 없다
속눈썹 깜박할 사이
오늘 그녀는 경계 밖에서
잡히지 않는 허무한 사람이다
다 열어보지 못한 서랍 속
그녀의 시간을 하나하나 꺼낸다
초침 분침 시침으로 토막난 시간이
천이백도 화로에 던져진다
누워 있는 불꽃이 된다

안성 천주교 공원묘지 납골당
시계 문양의 옥향로에
뼛가루로 남아서, 그녀는
어제까지 기억의 태엽을 새로 감고 있다

시중時中

지천명이 되어서야 종일 쉬는 일이 많아졌다
　바닥에 부려보지 못하고 혹사시킨 휘어졌던 몸이 겨우
펴졌다
　이렇게 의자 위에 쉬어도 되는 건지
　낯설음에 두리번거리기도 하였다
　남의 집 불빛을 바라보며 건너온 저녁마다
　아이들은 무럭무럭 자라났다
　이제야 집을 지킬 수 있는 넉넉한 그늘이 되었는데
　보이지 않는 아이들
　흑백의 그림자만 어른거리다 사라진다
　빈 손의 한가함을 물끄러미 쳐다보는 정오
　공자의 때에 맞게 사는 길의 전모를 나는 아직 알지 못한
다

*시중時中 : 그 상황에 맞춰 알맞게 처신하라는 공자의 말씀.

천장天葬

나 죽어 천장을 해도 탓하지 않으리
야크 뿔이 얹혀 있는 표지석을 지나
낭떠러지 벼랑길 드리궁 틸 티벳 사원
그 천장터에서
천장사의 망자를 위한 노래 마지막으로 들으리
유복녀 쓸쓸하고 적막했던 한 시절을 되감아 보는
실타래의 길은 멀다
느슨하지 않게 늘 실을 팽팽하게 당겨 잡아야 했던,
고단을 풀고 이제 나 즐거이 손을 놓아도 근심이 없으리
하늘을 까맣게 덮고 연처럼 날아오르는 독수리떼의 비행
고요히 담담하게 바라보며
나의 살점과 뼈와 두개골을 부수어
날짐승에게 땅에게 온전히 나누어 주어도 아깝지 않으리
살아 있는 것이란 한갓 고깃덩이에 불과한 것
그래도 즐겁고 행복하였노라 삶이여
가장 빠르고 깨끗하게 마지막을 정리하여
내 영혼 독수리를 통해 하늘로 올라가리
울면 더 슬퍼서 안 운다는 라마승의 저 환한 미소를 봐라

심장이 터져버릴 듯 숨이 가쁘던 세상의 걸음도
여기서는 평화이리니

나 죽어 천장을 해도 좋으리

백야 白夜

자작나무 숲에서 백야를 만났다
잉걸의 나무들, 그 숨죽임을 들어나 볼까
나무의 수액 속 입자로 떠다녀나 볼까
나뭇잎 하나로 떨어져 내리는 상실의 시대에
합류나 해 볼까
잠이 오지 않는 하얀 밤
자작나무 숲에서 백야를 만났다
나무와 나무 사이를 거닐었다
발 아래 흙 속에 묻힌 꿈과 막막함 사이를 거닐었다
고요하여라 가만히 귀 열어
누군가 잠 못 이루어 뒤척이는 소리
동방에서 온 한 나그네의 회한 같은
어느 새 다 써버린 시간 같은
하얀 밤의 소리

다시 백야

큰 하늘 작은 하늘 지나 어둠을 걷어낸다
내 마음의 지평선 18° 이하로는 해가 지지 않는다
가까이 다가서면
다가선 걸음만큼 물러서던 지평선
도달할 수 없는 한계의,
내 생애 시간의 전부를 걸고 따라다녔어도
잡을 수 없던 지평선
잡히지 않던 형이상학의
그리하여 뒤돌아서 눈물을 삼켰던 지평선
저 멀리 아득히 멀리
젊음을 다 탕진하고 바라보는 하늘

내 마음의 지평선에는 해가 지지 않는다
지금은 백야白夜다

부 활

여직 가을 풍경 한 번 구경하는 호사 누리지 못했다기에
다 큰 백수 둘째딸을
태우고, 중년 어미 드라이브를 나선다
남한산성 굽은 허리 지나는데
때아닌 폭설. 가슴이 철렁 내려앉는 것은
집으로 가는 길이 지워져서가 아니다
노상 방에 뒹굴고만 있는 것이 속터져서만도 아니다
굴참나무 머리에 얌전히 쓰고 있는 가을 눈보라 모자
내게 부쳐온 첫 크리스마스 카드임을
몸이 알기 때문이다
서른다섯을 넘지 않는다는 마음의 나이
가을 겨울 뭉수리 한꺼번에 죄다 맛본
어미의 철없는 감격 앞에
딸은 무덤덤 시큰둥. 가을은 없고
겨울만 보았다고
어둠이 되어 화석처럼 굳어 있는 무덤만 보았다고
상심하며 투덜댄다
(이런, 나 잠시 잊고 싶었는데 이런, 너 울고 있었구나)

봄, 부활을 꿈꾼다

모화역

경주 다솔암 적멸보궁에서 삼십 리 길
모화역 가는 더딘 길
뜬소문만 믿고 지도에도 없는
지금은 폐쇄된 역 더듬더듬 에둘러 가는 길
문도 없는 편백나무 울타리 담장을 헤집고
도둑처럼 들어섰을 때
빈 선로뿐인 역사 마당엔
늘쟁이 명아주 강아지풀이 도깨비굴 같다
낯빛 파리한 열일곱 귀머거리 딸 낭이와
그 어미 모화가
살고 있는 것이 분명할 터
소복단장에 쾌자까지 두른 모화의
버선발이 보인다
온갖 몸짓 교태 부려가며 손을 비비다가
절을 하다가 덩싯거리며 춤을 추는,
달강달강 왈강달강 엇쇠 물러서라
금방이라도 넋두리와 함께
징과 꽹과리를 울려댈 것 같은

저 정적!

모화역만한 어둠 한 덩이 몸에서 빠져나와 휘익 그림자
사라진다

소리의 화살

소리의 화살은 온몸을 화살받이로 만들었네
밀란드 다테의 반수리 연주가
1초 60미터 속도의
화살이 물고기가 헤엄치듯 S자 형태로 날아갈 때
진실이 당신의 눈보다 빠를 때
화살이 그의 손을 떠나
기어이 과녁 정중앙 심장을 꿰뚫어 맞출 때
그가 대나무 플루트
소리의 화살을 걸어 힘껏 활줄을 당기니
내가 없네
나 일어설 수 없네

눈물 한 방울 비 되어 길게
떨어지는 소리
레인스틱의

불 꺼진 어둠 속 흰 접시 위 열 개의 빨간 촛불은 타고

소리의 화살에 화살받이 된 마음만 늦도록
오래 앉아 있네

모차르트의 날개

날개 없이 산 물 속 유충 석삼 년의 시간은
산 목숨이 아니다
내게 날개 없는 천일보다
날개 달린 하루가 위안으로 빛난다
나는 안다
하루살이는 하루 동안 아무것도 먹지 않는다는 것을
한순간도 잠들지 않는다는 것을,
여기 이 무대가 빛나기 위해
오늘을 생각하고 느끼고 즐기기 위해
먹을 수도 잠들 수도 쉴 수도 없다
날개를 얻은 기쁨만큼의 힘으로
날개를 잃을 허무함만큼의 슬픔으로
저물도록 불빛 아래 춤을 추는 무아의 저 몸짓!

달빛 위 혹은 아래 · 2

자고동으로 만든 가야금 소리를 듣는다
중머리 중중모리 자진모리를 거쳐 휘모리로 풀어내는 달
빛소리다
슬프나 비통하지 않은 가락이
얇은 창호지를 뚫고 스며드는 달빛으로 푸르다
어른거리는 창호지 달빛 아래 누워
이슥토록 잠 못 드는 밤
오두마니 아직 홀로 등을 켜고 계실 팔순의 홀어머니 생
각
자고동의 반은 울음인 듯 반은 웃음인 듯
사무친 몸을 한 바퀴 돌아나와 풀어지는 가락이
무거움으로 가벼움으로 떠다닌다
몸으로 마음으로 닦아내어 풀어내는 황병기의 가야금 비
단무
자고동의 한 생애가 실타래에 올올이 푸른 소리
달빛으로 풀어진다

달빛으로 옷 한 벌 지어 입으신
어머니 허허벌판에서 오동나무 한 채로 서 있으시다

어머니와 재봉틀

밤새워 재봉틀 돌리는 소리가
미닫이문 사이
귓바퀴에 감겨 이명처럼
울린다 재봉의 박음질이 만들어낸 길을
타박타박 걷고 있다
반평생을 그 소리 듣고 있다

비오는 날 남새텃밭도 작파하시고
어머니 재봉틀 앞에 경經 읽듯 앉아
돋보기 끼고 한 땀 한 땀
삼베조각보자기 요홑청 베갯보 무시로 길을 만든다
키도 살도 뼈도 조금씩 무너져 주저앉고 마는
늙은 혁명가의 아내 한 생애가
빗소리 재봉틀 바퀴살에 실려 돌아간다
내 꿈길에도 재봉틀 밟는 소리 들린다

지구를 몇 바퀴 돌리고도 남을 어머니가 만든
박음질 그 길

구석진 세상 곳곳의 길 위에 나는 서 있다
장승처럼 때로는 천불천탑처럼

4
먹참선

구례 시편

1

사랑은
말하는 말
말하지 않는 말이 되어
나를 지우고 싶은
나를 비우고 싶은
그리하여 너로 나를 채우고 싶은
지리산 구례읍 산동면 산 31번지
말없이 노란 산수유 젖몸살을 풀어내는 일이다

2

좌탈입망에 든 동백의 붉음이
한 점 흐트러짐도 없이
돌탑 옆 앉은 자세로 열반에 든다
남해 먼 섬들이 점점이 오백나한으로 앉아

동백 가시는 길
극락왕생 빌고 있다

보리암 앞바다에 붙들려 마음이 떨어지지 않는다

저 바다!

다시 한 번 돌아서는 내가 보인다

3

속세의 시간을 떠나 봐
사찰 체험의 절집에 나를 맡겨 봐
하늘소리 땅소리 물소리 허공소리 모두 깨어난
새벽 3시
태평소 소리 들리지 않니
귀 기울여 봐

어둠의 화엄사 별꽃무늬 담장
더듬더듬 짚어가다 보면
끊어질 듯 자지러질 듯 숨이 멎을 듯
높이 들어 올려졌다가 긴 여운으로 풀어지는
곡선을 그어가는
소리집
소리의 깊이로 걸어 들어가 보는 거야

소리를 따라가던 발을 멈추고, 눈을, 감네

흰 꽃

알뿌리에서 비늘줄기까지 몇 달
아픔 슬픔을 섞은 힘을 밀어
1월 히아신스 흰꽃 피웠습지요
심폐호흡으로 소생하는
화단 흙에 내팽개쳐진 구근
죽음과 삶 사이로 촉을 틔워
풀어놓은 향기
그 향기로 저승길 닿아
오래비 무덤가 묵묵부답의 생명 하나
봄이 되면
환하게 흰꽃 하나 피울 수 있을는지요

파 종

고층아파트 한 옆에 허름한 할아버지 서 있다
붉은 흙 덕지덕지 묻은
알타리무 몇 단
장마 끝 길가에 내놓고 있다
누런 베잠방이에 귀 어두워 동문서답하시는 할아버지
나는 쭈그리고 앉아 알타리무를 산다
붉은 흙, 어느 산비탈 절개지의 생각이 딸려온 걸까
충북 청원군 방서리 68 어릴적 시골집 텃밭
잘생긴 김장무 윗토막에서 자라는 연둣빛 무순과
보랏빛 청초한 꽃의,
흙의 기억을 너무 오래 잊고 살았다
말도 안 통하는 채로
반도 넘게 벌레 먹은 잎의 알타리무를 산다

마음의 텃밭 한켠, 꿈의 파종을 한다

몽 촌

나는 몽촌에 간다
흰삘개나무 층층나무 명자나무 즐거이 서 있는 곳
몽촌에 간다
기둥을 땅에 박아 만든 목책 너머
어릴적 목장의 양떼구름 아직 흘러가고 있을까
자갈밭에 뒹굴던 돌멩이 발밑에 그대로일까
꿈을 파내고 자르고 찢고 태우고 부순 자리
그대로 쭈그려 앉아
고랑에 흙을 파고 거름을 주어
별의 씨앗을 심는다

나는 일주일에 한 번 몽촌토성에 간다

내 안의 청령포

절벽과 깊은 물로 사면이 막힌 유배지 이곳
하루종일 물봉선은 피었다
말이 말을 걸지 않고
눈이 눈을 보지 않고
마음이 지척의 마음을 몰라보는 육지 고도
남은 한 가닥 그리움도 서강에 떠내려 보낸다
서쪽 절벽 위에 돌탑처럼 홀로 서 있다
내가 나를 가두고 바라보면
몸 밖 해의 길은 멀다

청평사 회전문

오봉산 산죽을 헤치고 계단을 올라
청평사 회전문을 통과한다
붓 한 자루에 삶을 담아
직선과 곡선을 그린다
지나온 마음은 어디 있고
저무는 지금의 마음은 어디에 있는지
한 화폭에 녹여져 있는
초서 예서 해서의 길
거칠게 서두르다가
간소하게 가지런하게 다듬어 살아온,
송곳의 날카로운 정신을 어루만지는,
그림과 글씨가 하나가 된
선묵의 나라
반은 눈으로 보고
반은 마음으로 본다

먹참선

느릿느릿 붓끝에 먹물 묻혀 사군자를 친다
창호지에 새벽 푸르름이 묻어올 때까지
선을 따라 대를 그리고
마디를 넣고
이파리를 하나하나 채워가는 딴 세상
먹참선 대나무 그림
마음과 몸을
하나로 묶는다
마디마디 나를 느낀다

두루적막 속 먹향기는 멀어질수록 향기롭다

겨울, 국사봉

환상의 눈꽃세상을 보았습죠

얼음계곡 골짝 골짝마다
눈은 끝이 날 줄 모르고
호랑가시나무 가지에도 눈꽃을 장엄하게 피워냈습죠
지천에 두고 가 볼 수 없었던
폭설 속의 국사봉 그 산봉우리
눈보라 온몸으로 맞으며 깔딱고개 넘어 산길
묵묵히 걷고 또 걸었습죠
지나온 반생은 눈보라였을까
환한 눈꽃세상이었을까
눈 위에 찍혀 가는 발자국
다시 눈이 지우는 것도 돌아볼 새 없이
오버 더 힐을 지나 지금 막 다운 힐로
질주하는 생

모든 것은 다 지나간다

맑고 깊은 겨울 속 한 컷의 눈보라 스냅사진으로 남을

한 생애도, 그렇게

바 위

검은 바위를 쓰다듬는다
체리암이라고 새겨진 초서체의 음각
다섯 손가락에 감지되는 만남과 떠남의
문자향이 느껴진다
향밥을 먹고 먹은 밥이 향이 되고 온몸이 향내를 이루어
그 향기로 말하고 향기로 깨치는
걸음도 그림자도 향기인 곳
추억의 먼 곳
바라보는 눈길을 따라간다
점과 획을 줄여 닿고 싶은
초서의 길
머물렀다 떠난 흘림체 떨리는 목소리의

왔다가는 가고, 또 오고 또 갔다 그 떠난 자리에
또 다른 세상이 오고

사라지고 잊혀지고 버려진 것들의 자획을 주워모아
남원 매안마을 바위에 새겨 놓는다

내가 글자로 음각되어 숨을 쉬고 있다
　문자향이 소리를 내며 사람냄새 나는 그리움을 부르고
있다

북한강에서

여름 북한강을 내려다보고 있다
산의 벗은 몸이 옥빙의 물 속에
스스럼없이 드러났다
푸른 젖꼭지
금방이라도 유선이 돌며
팽팽하게 부푼 젖이
젖줄을 품어낼 것이다
꿀꺽꿀꺽 쉴새없이 받아먹어
새 기운을
수혈받을 것이다

다시 시작할 수 있다면

해질녘 북한강 너와집 벅수 옆에 서서
들판 너머 강물 한 끝자락을 잡고
그렇게 나는 서 있다
저물어 어두워지는 것들 앞에서

풍 화

사막에서는 풀도 오래 되면 돌이 되네

낙타를 타고 가면
옥문관 가는 길은 멀고 더디지
서역으로 통하는 돈황 서쪽의
사막 한가운데 우뚝 서 있는 사각형의 돌관문
신기루 쫓아 오랜 길여행 끝에 당도한
그 모래언덕에
나는 소소초 한 무더기로 서 있네
피를 흘리면서 먹을 수밖에 없는,
가시에 찔려
입 안이 온통 피투성이가 되고 마는 낙타의 풀
봉화대 옆에서 풀들
화석이 되어 누워 있네

빙하 아래에서

빙하를 만난다
얼음이 길을 찾아 산맥을 따라
내려오고 있다
천천히 길게 해안선을 따라 흐르는
슬픈 피오르드
빙하가 눌러 가라앉은 땅의
깊은 수심을 본다
물굽이를 지나 소용돌이를 지나 물살의 힘으로
이 협곡까지
밀려 밀려 내려온
너 참 수고했다
조용히 건네는 위로의 한 마디

내가 나에게 건네는

한랭한 고산지대에 좌판을 벌려
화려한 슬픔의 꽃숭어리들
꺼내 놓는다

빙하에 덮여 꽁꽁 얼었다가 화석으로 발견될지 모를
나를 본다
보라색 얼음덩어리가 길을 찾아
산맥을 따라 내려오고 있다

아버지 웃고 있다

피아골에 피 철, 철, 철, 넘쳐 흐르고 있다

붉은 울음이 바위를 적신다

몸 뒤집으며 우는 울음 속에서 아버지 걸어 나오신다

다 소용없는, 역사의 한 티끌로 스물두 살

이제야 단풍 들어 물드는

한 잎 단풍되어 떠나가는

시간 저 너머 공간 저 너머 우주 끝

이를 수 없는 곳에 누워서 아버지 웃고 있다

귀여리 마을에 와서

나 어둠이 물드는 귀여리 마을에 와서
어둠을 한 입 베어 물다
일몰이 가장 아름다운 때를 기다려
조용한 슬픔으로 넘치는 강물
몸 허물고 지는 해의 알 태 안에 품어
탄생을 기다리는,
너와 나의
나무 그리고 꽃과 새의 집
동판을 깎고 문지르고 흠을 골라내어
알을 키우기에 알맞은 향기의 집을 지으리

나 귀 여리고 여려
잘 곧이듣던 잘 속아 넘어가던
사는 일, 정면이 아닌 그저 비껴가기만 하던,
이제 그냥 바람으로 떠돌리 한 줄기
바람에 날개 달아 머언 저 밖을 날리

무명無明

살집이 두툼하여 수술을 끝내고 봉합하면
금방 말이라도 걸 듯싶은
그 남자 나를 바라본다
겉치레 겉치장 장신구 빠짐없이 걸쳤어도
간이며 콩팥이며 둥근 비장이 훤히 들여다보여
실핏줄 어지럽게 엉킨 붉은 핏빛길도 다 보여
몸 속에 들어 있던 생각
에움길을 따라 떠나가 버린 숨은 얼굴까지

너, 지금 여기 서 있구나
살아 아무에게도 열어주지 않았던 몸을 죽어 여는 남자
마음대로 되지 않는 마음 때문에 아팠을 남자
마음을 따라가지 못한 몸의 느린 박자에 괴로웠을 남자
비워지고 채워지고 비워지고 채워짐의
그리하여 단단하게 여물어졌을
그 몸을 본다
투시안경 너머 영혼의 한 남자

그 남자가 지금 여기 나를 보고
서 있다

나는 걷는다, 카미노

스페인 산티아고 야곱의 무덤까지
36일 800km 물집과 싸워가며 걷고 걸은 길
짐을 버리고 또 버리고
쨍쨍한 햇볕과 날마다 단둘이 걸었네

요철 많은 암벽의 갈색돌 울퉁불퉁 밟히는
무화과 열매 지천으로 달려 있던 그 길
불타버린 소나무 앙상한 숲을 지나
끝없는 지평선 노란 밀밭길도 지나
신발이 닳고 닳아 밑창이 떨어질 때까지
혼자 가야 하던 순례자의 길

바위 위 노란 표지판도 가려져 가끔은 길을 잃는 십자가
의 그 길
해를 따라 걷다가 되돌아온 적 몇 번인가
야곱이 예수님 전도하러 떠났던 험한 그 길
비 세 번 맞고 무지개 세 번 뜬 길
맑은 마음으로 기도하면 흔들리던 바위

순례자의 시발점 그 땅끝 피니스 테레

독한 맘 드는 어느 흐린 날
쥐도 새도 모르게 나, 다시, 떠나리
검은 봇짐 싸들고, 도망치듯!

세상 밖을 걸으리

　　＊카미노 : 스페인어로 길이라는 뜻.

적막의 끝에서 만나는 불꽃

박 주 택(시인)

시가 생의 역사를 응축적으로 표현한다고 할 때 한이나 시인의 시는 우리들 생의 역사를 고스란히 그의 시집 속에 아로새겨 놓는다. 가족의 죽음, 살아가면서 부딪치는 관계들의 모순 그리고 그 속에서 생기는 상처와 흉터, 물집과 주름, 이곳저곳을 돌아다니면서 만나게 되는 여행의 풍경, 사랑과 희망 등을 농밀한 언어로 그려낸다. 인간은 스스로를 만들어가며 이루어내는 존재여서 독립성과 자기 정체성을 형성하며 그 형성된 체계 안에서 영혼과 육체의 안식을 얻는다. 또한 인간은 자신이 추구하는 궁극적인 위안과 행복을 지향한다. 그와 동시에 인간은 자신이 처해 있는 환경 속에서 고뇌하고 고통받음으로써 보다 큰 자신과 만날 수 있다. 한이나 시인의 시가 우리에게 주는 울림도 이와 멀지 않다. 정신이 의식이면서 의식의 대상이라고 할 때 정신은 자기 자신 혹은 자존하는 것을 대상으로 삼는다. 한이나의 시는 이처럼 삶 속에서 부딪치고 파열되는 고통을 자신만의 언어로 내면화한다.

　　사진의 얼굴이 생판 낯설다
　　유년의 추억 한줌도 짚여지지 않는
　　저 제삿상 앞 사진틀 속의 아버지
　　고보시절 앳되고 고운 얼굴을
　　대머리 막 벗겨질 듯 말 듯 오십의 나이로 합성해
　　신사복 어색하게 입혀 놓은
　　반은 그림인 저 제물 위 사진을 무심히 건너다본다
　　이승과 저승의 간극
　　아버지 가벼운 영혼이 열어놓은 현관문으로 슬몃 들어와
　　고개 갸우뚱하지는 않으실까
　　너는 누구냐
　　내가 씨앗 하나 떨군 적 있었던가
　　교대 막 졸업하고 시골학교 햇병아리 선생하고 있을 스무
살 무렵
　　난 아버지 제사를 몰랐다
　　아무도 가르쳐 주질 않았다

　　사진 속 저 분
　　안에서 밖으로
　　지금이라도 걸어 나왔으면 좋겠다

──「내 앞의 생」 전문

아버지를 회억하고 있는 이 시는 내면에 웅크리고 있는 죽음에 대한 의식을 담고 있다. 화자의 죽음에 대한 의식은 선험적이라기보다는 체험적이다. 이는 화자의 의식이 과거에 머물며 자신을 둘러싼 죽음의 기억을 생생하게 묘파하고 있기 때문이다. 죽음이 영혼을 육체로부터 해방시키는 것이며, 절대적이고 영원한 세계로의 이동이라면 그것은 곧 본질과 시원으로의 귀환에 다름 아니다. 한이나 시역시 죽음을 통해 삶이 무엇인지를 그리며 본질을 추적하고자 한다. 따라서 절망과 구원의 변증법으로서 죽음은 한이나에게 있어 현실이며 실재이다. 이런 까닭으로 한이나의 죽음에 대한 의식은 생생한 체험을 동반한다. 이때 주목할 것은 한이나의 죽음에 대한 시선으로 "절구 속에서 재가 된 육신/ 육신이 품다 간 만큼의 먼지/ 한 줌 뼛가루를 향해 어머니/ 라고 부른다 뼛가루 같은 나를 어머니가 부르고/ 있다는 생각과 만난다"(「화부는 절굿공이로」)에서도 볼 수 있는 것처럼 '이승과 저승의 간극' 속에서도 자신을 잃지 않은 채 영원함 속에 자신을 위치시킨다는 점이다. 이는 다음과 같은 시에서도 발견된다.

대는 속이 비어서 제 속에
바람을 지니고 산다
왕죽이 울창하게 들어앉은
단속사 대밭

시퍼렇게 멍든 몸으로
곧게 생을 떠받치고 서 있는 힘
속내를 앓다가 다 비운 자리에
그만큼의 소슬한 바람으로 채운다
있고 없음이 하나다
내가 바로 너다
내 몸 안으로 대끝에 걸려 있던 해가
쑤욱! 들어온다

열 달 후 대꽃이 일제히 필 때를 기다린다

──「대꽃」 전문

   '대'는 화자와 동일화를 이루며 화자의 의식을 반영하는 존재다. 고통이 존재의 방식이며 본연의 모습으로 틈입하고 있는 존재라면 '시퍼렇게 멍든 몸'은 세상을 살면서 부딪치게 되는 상처와 주름의 본유이다. 그러나 한이나에게 있어 상처는 상처로 머물지 않는다. 그것은 대나무의 곧은 수직적 상승처럼 생의 열기를 동반하며 절망 속에서 희망을 발견하고 그 희망 속에서 절망의 지혜를 발견하는 모순의 인과율을 구성한다. '있고 없음이 하나'이고 '내가 바로 너'인 것은 바로 이를 반증하는 것으로 이 모순의 인과율을 통해 한이나는 보다 큰 자신과 만난다. 모순의 변증법이 허위가 아니라 사물의 본체이며 변화와 운동을 위한 조

건이 된다고 볼 때 한이나가 주목하는 것은 자신의 시선을 통해 모순의 균열을 동일성의 시선으로 바꿔 놓고 있다는 점이다. "내 몸 안으로 대끝에 걸려 있던 해가/ 쑤욱! 들어온다// 열 달 후 대꽃이 일제히 필 때를 기다린다"는 바로 이 과정을 잘 표현해주는 것으로 이는 미래를 향하는 과정 속에서 현실을 파악하고 있다는 점에서 보다 근원적이라 할 수 있다.

나 죽어 천장을 해도 탓하지 않으리
야크 뿔이 얹혀 있는 표지석을 지나
낭떠러지 벼랑길 드리궁 틸 티벳 사원
그 천장터에서
천장사의 망자를 위한 노래 마지막으로 들으리
유복녀 쓸쓸하고 적막했던 한 시절을 되감아 보는
실타래의 길은 멀다
느슨하지 않게 늘 실을 팽팽하게 당겨 잡아야 했던,
고단을 풀고 이제 나 즐거이 손을 놓아도 근심이 없으리
하늘을 까맣게 덮고 연처럼 날아오르는 독수리떼의 비행
고요히 담담하게 바라보며
나의 살점과 뼈와 두개골을 부수어
날짐승에게 땅에게 온전히 나누어 주어도 아깝지 않으리
살아 있는 것이란 한갓 고깃덩이에 불과한 것
그래도 즐겁고 행복하였노라 삶이여

가장 빠르고 깨끗하게 마지막을 정리하여
내 영혼 독수리를 통해 하늘로 올라가리
울면 더 슬퍼서 안 운다는 라마승의 저 환한 미소를 봐라
심장이 터져버릴 듯 숨이 가쁘던 세상의 걸음도
여기서는 평화이리니

나 죽어 천장을 해도 좋으리

——「천장天葬」 전문

    사물과 세계에 대해 깊이 있게 천착하며 자신의 경험적 현실을 핍진하게 그려내고 있는 한이나의 시는 자신의 의식을 시 문면에 드러내고 있다는 점에서 메시지의 리얼리티를 담고 있다. 경험을 관념화시키고 관념을 경험화시켜 삶의 본질을 그리고자 하는 한이나의 시는 모순 속에서 활성화되는 삶의 깨달음을 조용하게 속삭인다. 그러나 그 속삭임에는 위 시처럼 죽음에 대한 철저한 자기 인식이 숨어 있어 생의 이면을 슬프고도 뜨겁게 달군다. "죽음과 삶 사이로 촉을 틔워/ 풀어 놓은 향기/ 그 향기로 저승길 닿아/ 오래비 무덤가 묵묵부답 생명 하나/ 봄이 되면/ 환하게 흰 꽃 하나 피울 수 있을는지요"(「흰꽃」)에서처럼 모순 속에서도 끈질기게 환한 흰꽃의 생명력이 피어나기를 고대한다. 절망 속에서 발견하는 희망의 시, 죽음 속에서 생동하는 생명의 시, 불행 속에서 피어나는 행복의 시는 그러나 시간

속에 주어진 것이 아니라 시간을 자신의 것으로 만들려는
의지 속에서 일궈진다는 것을 다음과 같은 시가 말해준다.

여름 북한강을 내려다보고 있다
산의 벗은 몸이 옥빙의 물 속에
스스럼없이 드러났다
푸른 젖꼭지
금방이라도 유선이 돌며
팽팽하게 부푼 젖이
젖줄을 품어낼 것이다
꿀꺽꿀꺽 쉴새없이 받아먹어
새 기운을
수혈받을 것이다

다시 시작할 수 있다면

해질녘 북한강 너와집 벅수 옆에 서서
들판 너머 강물 한 끝자락을 잡고
그렇게 나는 서 있다
저물어 어두워지는 것들 앞에서

─「북한강에서」 전문

화자가 강을 바라보는 시선은 '푸른 젖꼭지' '팽팽하게

부푼 젖' 에서처럼 수유와 모성으로서의 강이다. 삶의 고통 속에서 만나는 대상과 세계에서 한이나는 '어두워지는 것들 앞' 에 '서' 서 '다시 시작' 을 꿈꾼다. 이는 죽음 속에서 만나게 되는 생명의 영원성 혹은 살아가면서 만나게 되는 고통과 절망, 상처와 주름, 시간의 이곳저곳과 공간의 이곳 저곳 속에서 피어나는 따뜻한 온기, 이별 속에서 다시 만나게 되는 사랑 등의 모순의 인과율과 맥락을 같이하며 보다 큰 대긍정의 세계로 우리를 인도한다. 그것이 인간을 향하든 사물을 향하든 원융의 세계로 따뜻하게 감싸는 한이나의 시는 이런 의미에서 불교적 사유에 깊이 접맥되어 있다.

　　능엄경 밖으로 사흘 무단가출해 돌아오지 않는 마음을 안으로, 조용히, 불러들였어요 사람과 사람 사이, 관계가 혹사시킨 말의 상처, 그 뭇매를 맞은 죄 없는 마음을 치료하려, 곰취 잎사귀에 뿌리를 넣어 녹즙을 냈어요 뿌리로 독을 빼낸, 푸른 물 한 컵, 공복에, 쭈욱 들이켰어요 그리고는 식탁에 앉아 잠시, 찰나삼매에 빠졌지요 평상심, 그 편안한 느낌을 금방 알아챘어요 현재의 마음을 바라보는 또 하나, 바깥의 마음을 보았지요 마음을 허방에 빠뜨리고, 껍데기만 거리를 오고 가면서, 왜 그리, 허둥대고 사방 분주하였던지요 나를 알아차림 후에는, 진정 흔들림 없고 치우침 없는, 고요가 올까요 이제 마음을 몸에 붙여, 참하게 길들이기로 하겠어요 몸통이라는 그릇에 담은 본마음

있는 그대로 그대를 그리고 나를 보기로 합니다
　　　　　　　──「능엄경 밖으로 사흘 가출」 전문

　'바깥의 마음'을 보았다고 하는 화자는 평상심이 편안한
마음을 준다고 말한다. 허방에 빠뜨리고 껍데기뿐인 마음
에 고요는 자신을 알아차린 후에 온다고 말한다. 그리하여
화자는 '있는 그대로 그대를 그리고 나를 보'아야 한다는
것을 깨닫는다.

　이처럼 한이나의 시는 체험을 생생한 언어로 복기시키며
그것들의 실체를 파악하고자 한다. 이를 위해 그의 시는 운
동과 변화 속에서 불변하는 것들이 무엇인지를 끊임없이
자문하며 그 자문 속에서 자기 동일성을 이루고자 한다. 때
로는 사유 가운데 발견되는 지혜를, 때로는 본유에 들기 위
한 원융적 의지를 시의 곳곳에 배치한다. 따라서 한이나의
이번 시집은 고백록적 성격을 띠고 있지만 우리들 모두의
고통과 고민을 대신하고 있다는 점에서 공적 세계를 담지
하며 영원과 불변의 세계를 향해 나아가고 있다고 하겠다.

한이나 시인
충북 청주 출생. 청주여고, 청주교대 졸업.
1994년 《현대시학》 작품 활동.
시집 『가끔은 조율이 필요하다』 『귀여리 시집』
한국시인협회, 한국문인협회, 가톨릭문인협회 회원.
〈시천지〉 동인.
E-mail : baulina103@hanmail.net

능엄경 밖으로 사흘 가출
한이나 시집

•

초판 1쇄 발행일   2007년 10월 15일

•

지은이 · 한이나
펴낸이 · 김종해
펴낸곳 · 문학세계사

•

주소 · 서울시 마포구 신수동 345-5(121-110)
대표전화 · 702-1800, 팩시밀리 · 702-0084
이메일 · mail@msp21.co.kr www.msp21.co.kr
www.seein.co.kr(계간 시인세계)
출판등록 · 제21-108호(1979.5.16)

•

값 6,000원
ISBN 978-89-7075-410-9   03810
ⓒ한이나, 2007